MAI

1. Auflage
FEEST COMICS
Postfach 10 12 45, 70011 Stuttgart
Übersetzung aus dem Amerikanischen: Georg F.W. Tempel
Chefredaktion: Michael F. Walz
Stellv. Chefredaktion: Georg F.W. Tempel
Redaktion: Horst Berner
Lettering: Yannick Fallek
Gestaltung: Wolfgang Keller
Buchherstellung: Andreas Jakob und Agnès Borie
Originaltitel: «Mai – The Psychic Girl, Part 1, 2, 3»

Druck und Verarbeitung: Tipolitografia Petruzzi, Italien
ISBN 3-89343-756-8

Gedruck auf chlorfreiem Papier
Umschlagveredelung mit umweltverträglichem Lack

KUDO ◆ IKEGAMI

# MAI

DIE LETZTE TOCHTER DES MIHIRO CLANS

TEXT: KAZUYA KUDO

ZEICHNUNGEN: RYOICHI IKEGAMI

ERSTES BUCH

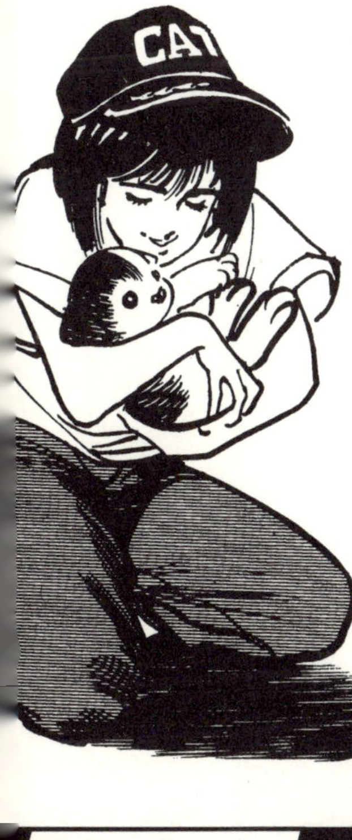

地水火風空

1

FeestComics

# INHALT

# ERSTES KAPITEL

## MAI, DAS MÄDCHEN MIT DEN GEHEIMNISVOLLEN KRÄFTEN

NEIN! BLEIBT WEG, VON MIR! HÖRT AUF, MIR ZU FOLGEN! LASST MICH DOCH IN RUHE!

OOOOOOOEEEE

WHOOSH
!!
WHEW!
GOTTSEI-DANK...,
ES WAR NUR EIN TRAUM.

YEGAAH
DAS IST NUN SCHON DAS DRITTE MAL, DASS ICH IHN GETRÄUMT HABE.
VERRÜCKT.
WARUM NUR HABE ICH DIESEN ALPTRAUM?
ER IST SO ABSONDERLICH, SO SELTSAM.

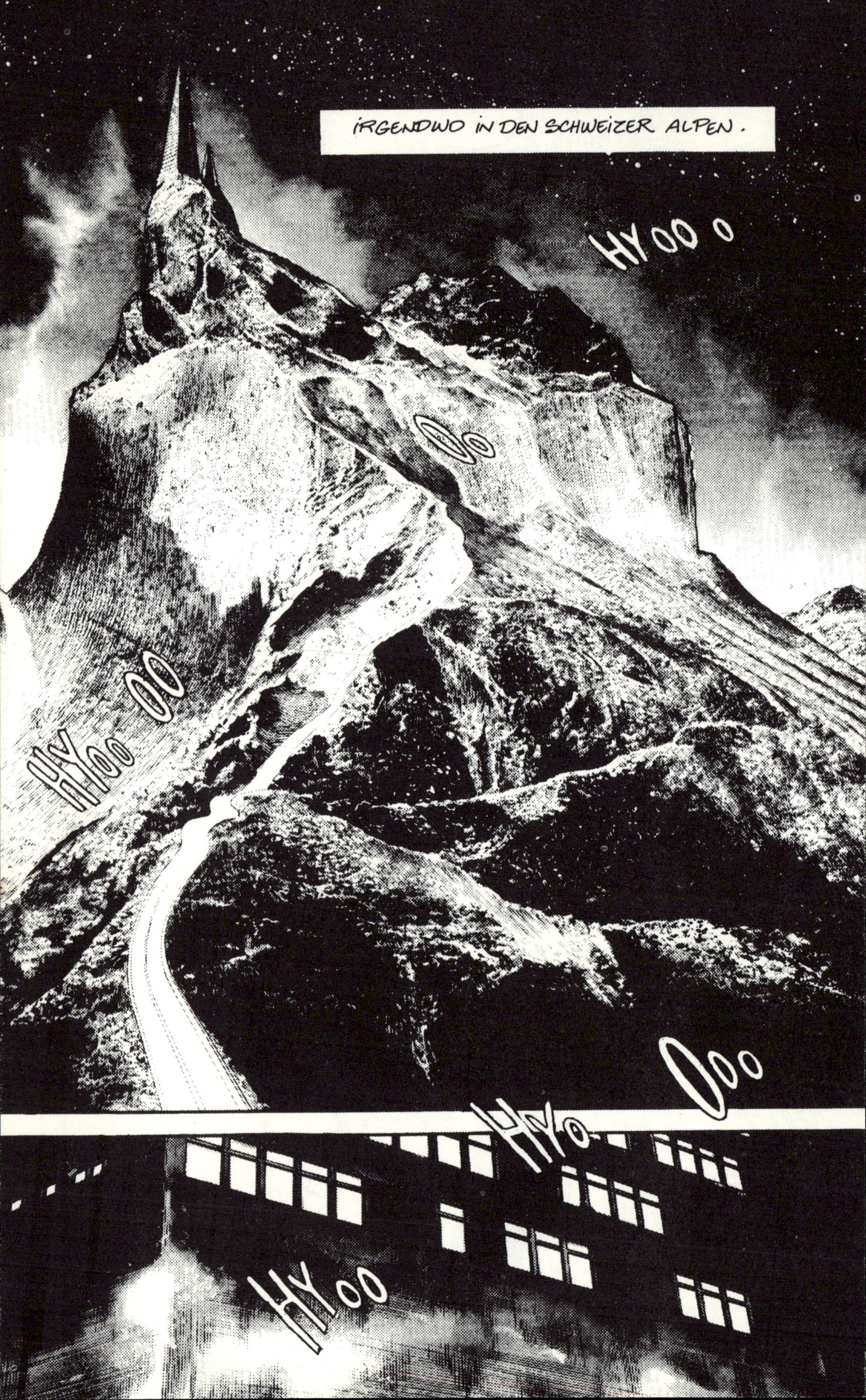
IRGENDWO IN DEN SCHWEIZER ALPEN.
HYOO O
HYOO OO
HYO- OOO
HYOO

DER PRESSE WURDE VERRATEN, DASS ISRAEL EINE ATOMWAFFENFABRIK BESITZT.
MOSSAD-AGENTEN HABEN DAS LECK ZWAR GESTOPFT, ABER DIE NACHRICHT WAR BEREITS IN UMLAUF.
ES GAB PROTESTE VON VERSCHIEDENEN LÄNDERN DES MITTLEREN OSTEN UND VON WESTLICHEN LÄNDERN.
ABER TATSÄCHLICH HANDELTE ES SICH UM EINE WELTWEITE BESORGNIS. DAS LETZTE, WAS MAN WOLLTE, WAR EIN WEITERES LAND, DAS DIE BOMBE BESASS.
JEDOCH HAT DIE ALLIANZ DER WEISHEIT IN DIESER ANGELEGENHEIT INTERVENIERT UND FOLGENDE RESULTATE ERZIELT:
ISRAEL HAT EIN GESETZ VERABSCHIEDET, IN DEM ES DEN EINSATZ VON NUKLEARWAFFEN ZUM ERSTEN SCHLAG UNTERSAGT.
WEDER DIE VEREINIGTEN STAATEN NOCH RUSSLAND WAREN IN DIESER SACHE ERFOLGREICH. UNSER POLITISCHER COUP WIRD UNS WEITERE GLAUBWÜRDIGKEIT UND GRÖSSEREN EINFLUSS EINBRINGEN.

MIT ANDEREN WORTEN, GENTLEMEN, DIE ISRAELISCHE KRISENSITUATION KONNTE FÜR DEN AUGENBLICK GELÖST WERDEN.
NUN ... GIBT ES WEITERE BERICHTE ZU BESPRECHEN?
JA, SIR.
MIR LIEGEN DIE ERGEBNISSE DES LETZTEN PK-TESTS VOR.
INSGESAMT WURDEN 264.729.421 PERSONEN DEN TESTS UNTERZOGEN.
DAVON HABEN 2.510.084 PERSONEN VIER PUNKTE ERREICHT.
...

NUR ZWEIEINHALB MILLIONEN? DAS SIND ZIEMLICH WENIG.
JA, DAS HATTE WIRKLICH NIEMAND ERWARTET.
ALLERDINGS HABEN 140.000 FÜNF PUNKTE ERREICHT. DAS SIND 50 PROZENT MEHR ALS BEIM LETZTEN MAL.
LASSEN WIR DIE NIEDRIGEN RATINGS. WIE VIELE HABEN SIEBEN PUNKTE UND MEHR ERREICHT?
DREIZEHN, SIR. UND DAVON KONNTEN FÜNF LEUTE ACHT PUNKTE ERREICHEN.
ICH MUSS ALLERDINGS ZUGEBEN, DASS WIR SIE BISHER NOCH KEINER GENAUEREN PRÜFUNG UNTERZIEHEN KONNTEN.
IM BESTEHENDEN SYSTEM VERSTECKEN WIR DEN TEST, INDEM WIR IHN MIT EINER NORMALEN INTELLIGENZ-PRÜFUNG VERMISCHEN.
SELBSTVERSTÄNDLICH KÖNNEN WIR MIT DIESER TECHNIK NICHT MEHR MENSCHEN IDENTIFIZIEREN, DIE PSI-KRÄFTE BESITZEN.
BAION•YUWON
MONGOLIA (14)

BISHER HABEN WIR BAION YUWON AUS DER MONGOLEI. ER IST VIERZEHN JAHRE ALT.
BAION•YUWON
MONGOLIA (14)
DANN DAVID PERRY, EIN FÜNFZEHNJÄHRIGER AMERIKANISCHER JUNGE.
DAVID•PERRY
USA (15)
UND AUS DEUTSCHLAND, AUS DER EHEMALIGEN DDR, KOMMT EIN JUNGES MÄDCHEN NAMENS CLAUDIA WERNER
CLAUDIA•WERNER
DDR (13)
GRALL HONG STAMMT AUS VIETNAM. MIT SECHZEHN IST ER DER ÄLTESTE.
GRALL•HONG
VIETNAM (16)
UND...
MAI KUJU, EIN JAPANISCHES MÄDCHEN IM ALTER VON VIERZEHN JAHREN.
MAI•KUJU
JAPAN (14)

SEHR GUT. ICH MÖCHTE, DASS SIE UNVERZÜGLICH WEITERE PK-TESTS FÜR DIESE FÜNF JUGENDLICHEN VORBEREITEN.
BIS DIE TESTS AUSGEARBEITET SIND, STEHEN DIESE KINDER UNTER STÄNDIGER ÜBERWACHUNG! VERSTANDEN?
JA, SIR. ICH WERDE SOFORT DAMIT BEGINNEN.
MAI•KUJU
JAPAN (14)

TOKIO IM APRIL: OTANI JUNIOR HIGHSCHOOL, SHINJUKU.
"DIE FREUDE AN DER LIEBE LIEGT IM LIEBEN; UND WIR SIND VIEL GLÜCKLICHER IN DER LEIDENSCHAFT, DIE WIR FÜHLEN, DENN IN JENER, DIE WIR AUSLÖSEN."

FALLE!
TWiiET
TWiiET
FOOH!

?! ...
HEE HEE HEE ...
FRÄULEIN KUJU, DA SIE JA SO AUFMERKSAM ZUHÖREN, KÖNNTEN SIE DOCH DEN NÄCHSTEN ABSCHNITT VORLESEN.
FLIP FLIP FLIP FLIP
TAP
TAP
TAP
TAP
BRIIIINNGGGG!
NUN DENN, DAS WAR'S FÜR HEUTE. UND WAS SIE BETRIFFT, FRÄULEIN KUJU, BEIM NÄCHSTEN MAL WERDE ICH SIE VORLESEN LASSEN. SEIEN SIE VORBEREITET!
TOTAL

♪♬
WIESO BIST DU EIGENTLICH SO FRÖHLICH ?
HEUTE ABEND KOMMT MEIN VATER VON SEINER GESCHÄFTSREISE ZURÜCK !
JA, MAI ...
WAS FÜR JUNGS MAGST DU DENN ÜBERHAUPT ?
HA ! MAI HAT EINEN VATERKOMPLEX.
SCHÖN ! ER KOMMT ALSO VON NEW YORK ZURÜCK !

SCHLIESSLICH GIBT'S IN UNSERER KLASSE JA KEINE ANNEHMBAREN JUNGS, DIE MAN IN BETRACHT ZIEHEN KÖNNTE.
ABER DA SIND DOCH SHIN KAKIMOTO UND JO SHIROYAMA AUS DER BASEBALLMANNSCHAFT.
NEIN ... DIE MAG ICH NICHT. DIE SIND NICHT INTERESSANT GENUG.
SIEHST DU! WAS HABE ICH GESAGT, RIE? MAIS IDEALMANN IST EINDEUTIG IHR VATER!
JA, NUN ... MAIS VATER IST EIN HOHES TIER IN DER MARUBISHI HANDELGESELLSCHAFT. UND ER IST ECHT NETT!
SEI STILL! MIT WELCHEM RECHT ERFINDEST DU GESCHICHTEN ÜBER MEIN LEBEN! KÜMMERE DICH UM DEINEN EIGENEN KRAM!
HE, SHIROYAMA! SCHLAG 'NEN HOMERUN!

...
STOPP...
FOOH!

WAS? !!!
WHOOOSH
THWMP
?
?
?
?
HAST DU DAS GE-SEHEN ?
JA, DER BALL HAT EINFACH ANGE-HALTEN !
?
?
KOMMT ! LASST UNS GEHEN .

IHR BEIDEN REDET ANDAUERND ÜBER JUNGS. HABT IHR DENN KEIN ANDERES GESPRÄCHS-THEMA?
OH? WAS ZUM BEISPIEL?
JA... WORÜBER WILLST DU REDEN?
...
MEINE NOTEN IN DEN TESTS WAREN GANZ SCHÖN SCHLECHT, ALSO REDEN WIR DAVON LIEBER NICHT.
JA, WIR SCHREIBEN TESTS, HABEN ABER KEINE FREUNDE. DAS SCHEINT UNSER LEBENS-WEG ZU SEIN.
HE, WARTET MAL 'NE MINUTE, LEUTE.
WAS? WAS HAST DU DENN RIE?!
DIESE MÄNNER DORT HINTEN FOLGEN UNS.
MÄNNER! HAST DU MÄNNER GESAGT?

WO SIND SIE, RIE ?!
ICH SEHE NIEMANDEN
SELTSAM ! ICH BIN MIR SICHER, DORT ZWEI TYPEN GESEHEN ZU HABEN.
HAST DU SIE AUCH GESEHEN MAI-
PFF!
DAS GEHT ZU WEIT, RIE !
GANZ GLEICH, WIE SEHR DU AUCH EINEN FREUND NÖTIG HAST, DU BRAUCHST DESHALB NICHT GLEICH ANFANGEN ZU PHANTASIEREN !
ES STIMMT ABER ! DA WAREN ZWEI KERLE, UND DIE HABEN AUSGESEHEN WIE SO UNDERCOVER-BULLEN !
B-B-B BULLEN ?!
SIE HAT RECHT
DA DRÜBEN SIND SIE.

YUMIKO, DU GEHST DORT RECHTS RUM! RIE UND ICH GEHEN NACH LINKS.
WARTET, BIS ICH DAS SIGNAL GEBE,
UND DANN RENNT IHR WIE DER TEUFEL
WARUM MÜSSEN WIR DAS TUN?
ICH WILL NICHT ALLEIN SEIN.
MACH DIR DESHALB KEINE SORGEN. WENN SIE DIR WEITERHIN FOLGEN, DANN SAGST DU IHNEN, DASS DU DIE POLIZEI RUFEN WIRST.
ABER WIR MÜSSEN ES TUN. ICH WILL WISSEN, WEM VON UNS SIE FOLGEN.
HÖRT SICH GUT AN, MAI.
NEIN! LASST MICH NICHT ALLEIN! WENN IHR DAS TUT, WAR ICH DIE LÄNGSTE ZEIT EURE FREUNDIN!
OKAY...
AUF DIE PLÄTZE, FERTIG, LOS!
KLAPP KLAPP KLAPP
WAAAHHHHHH!

NA, WER SAGT'S DENN!
DIESE KERLE SIND AN MIR INTERESSIERT!

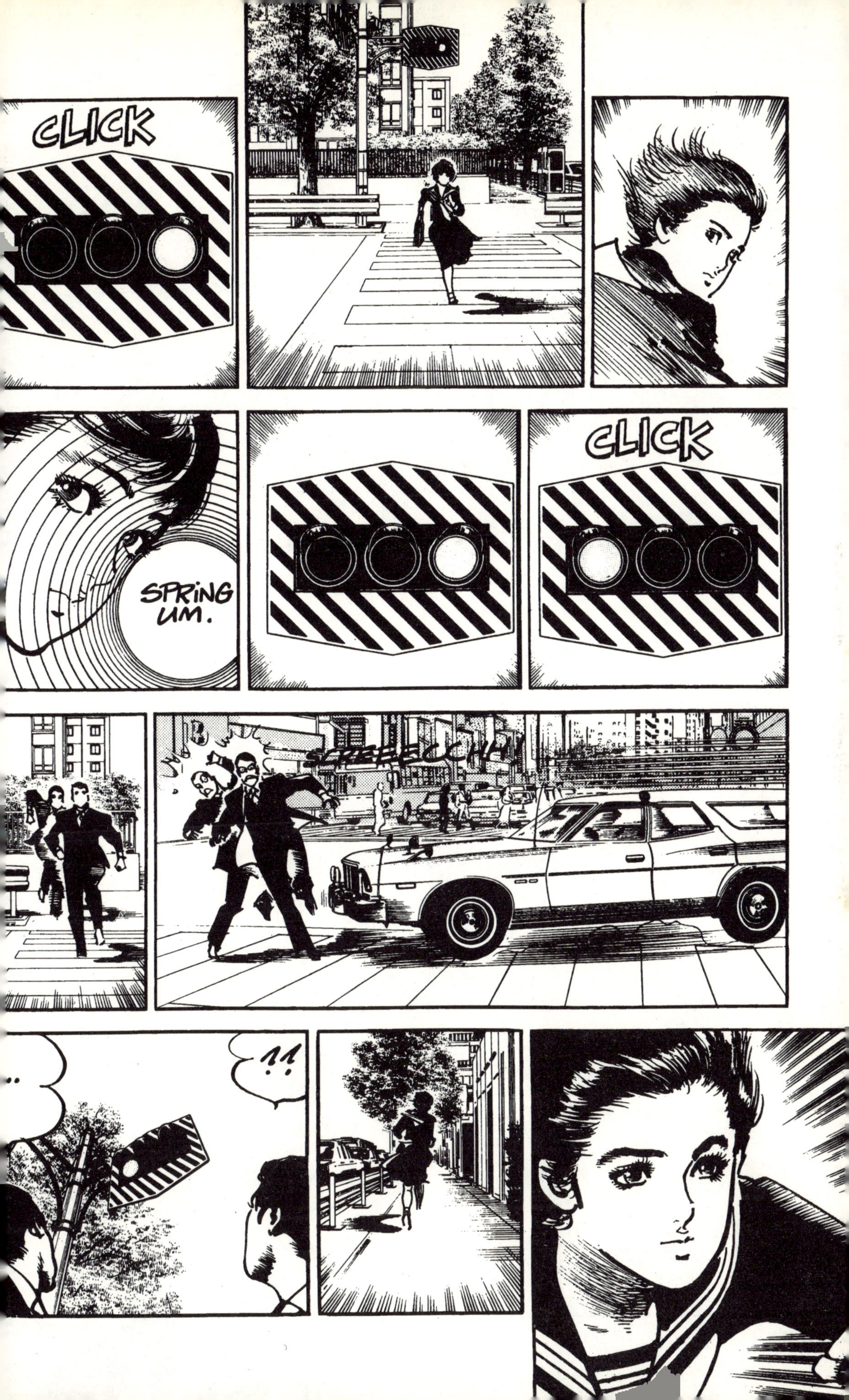
CLICK
SPRING UM.
CLICK
?!

MMMMMM.
MMMMMMM.
ICH WETTE, DASS ICH BESSER STEAKS BRATEN KANN ALS DIE MEISTEN ANDEREN MÄDCHEN.
ICH VERSTEHE BLOSS NICHT, WARUM DIE JUNGS NICHT ERKENNEN, WA FÜR EIN NETTES MÄDCHEN ICH BIN.
SHHHSSH!
SHTT SHTT
ICH WETTE, WÜRDEN SIE EINS MEINER STEAKS PROBIEREN, KÖNNTEN SIE MICH NIE MEHR VERGESSEN!

MAI! ICH BIN ZURÜCK!
DADDY!
WILLKOMMEN ZUHAUSE!
SCHNÜFF SCHNÜFF HE, DAS RIECHT DA SO GUT, MEINE HÜBSCHE!
DAS HÖRT SICH JA SCHRECKLICH GUT AN!
DAS IST MAIS KILLER STEAK, MIT UMWERFGARANTIE.
KA-SHAK
WOW! IST DAS FÜR MICH?!
JA, ABER MIT DER GRÖSSE WAR ICH MIR NICHT SICHER.
DADDY! WIE OFT HAB ICH DIR NUN SCHON MEINE GRÖSSE GESAGT?
KANNST DU SIE JEMALS BEHALTEN?

UND? IST IRGEND ETWAS INTERESSANTES PASSIERT, WÄHREND ICH WEG WAR?
NEIN... EIGENTLICH NICHT.
UND, ÄH... WIE IST DEINE PRÜFUNG GELAUFEN? HAST DU DICH GUT GESCHLAGEN?
WELCH MEINS DU
WELCHE...? WIE VIELE HAST DU DENN GESCHRIEBEN
'NE MENGE. (KRUNTSCH) ES GAB (KRUNTSCH) DIE ÜBLICHEN HALBJAHRESPRÜFUNGEN UND... (SCHLUCK) DANN NOCH SO EINEN ZIEMLICH IRREN TEST. SO EINE ART INTELLIGENZTEST.
EIN... INTELLIGENZ TEST?
JA, ABER ER WAR ECHT EINFACH. VIEL EINFACHER ALS DIE HALBJAHRESPRÜFUNGEN.
...!
THUNK
ICH HAB FAST DIE VOLLE PUNKTZAHL ERREICHT. WER WEISS VIELLEICHT B ICH EIN GENIE.

DAD, WAS IST LOS?! SCHMECKT DIR MEIN STEAK NICHT?
NEIN... ES IST NICHTS IN DER ART, MAI. ES WAR AUSGEZEICHNET.
HAHA... OH, FAST HÄTTE ICH'S VERGESSEN. HEUTE AUF DEM NACHHAUSEWEG IST WAS KOMISCHES PASSIERT.
EIN PAAR SELTSAME KERLE SIND UNS GEFOLGT. YUMIKO UND RIE HABEN SICH FAST IN DIE HOSEN GEMACHT! HAHAHA.
IHR WURDET VERFOLGT?!
JA, DESHALB HABEN WIR UNS GETRENNT, UM ZU SEHEN, AUF WEN SIE ES ABGESEHEN HATTEN.
UND WAS IST DANN GESCHEHEN?
THACK
!! ...
H HAB ERAUSGEFUNDEN, DASS SIE INTER MIR HER WAREN. VAR ECHT HEISS.
ACH ÜBRIGENS, DANKE FÜR DAS MAHL.

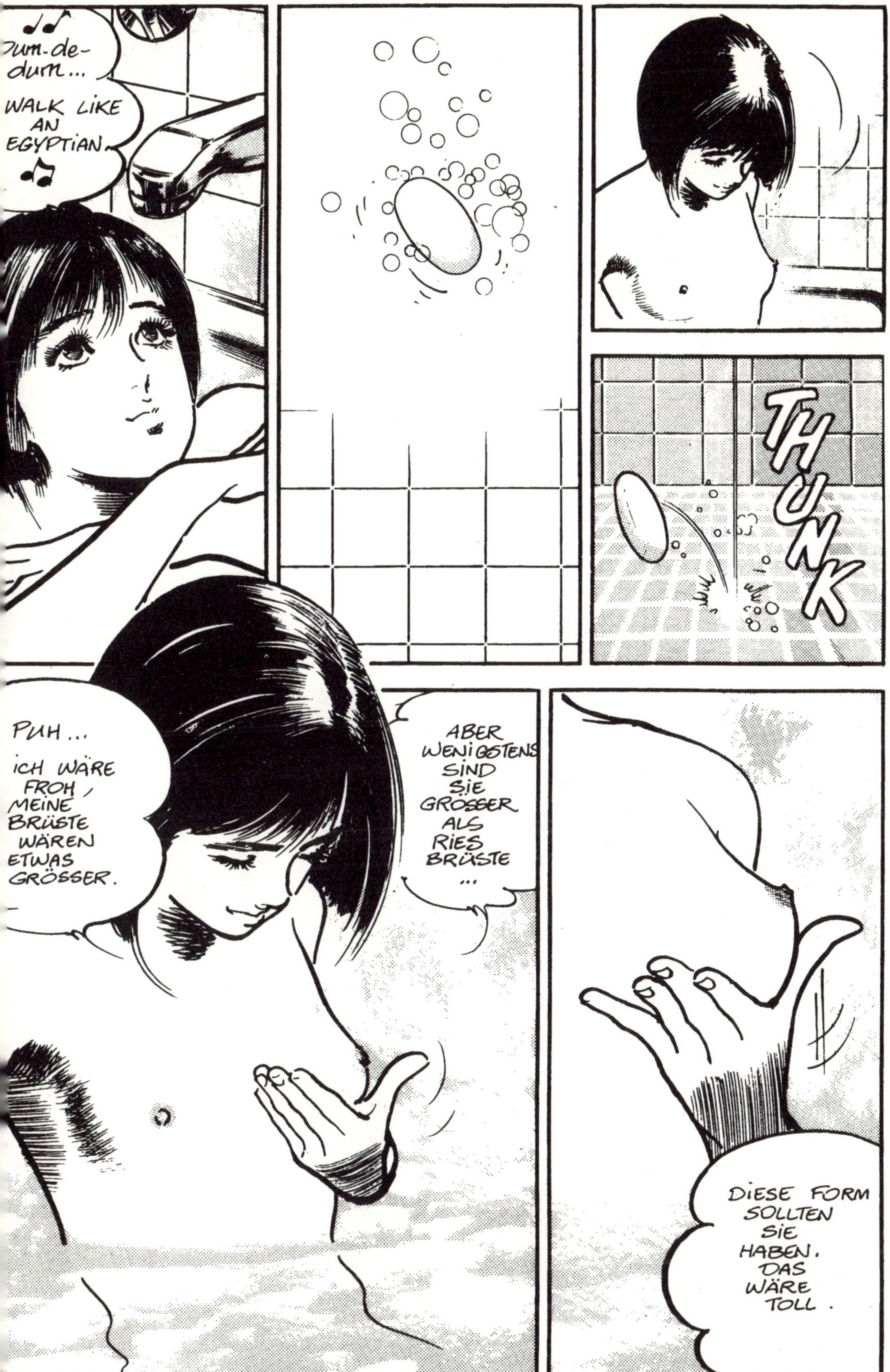
Dum-de-dum... WALK LIKE AN EGYPTIAN
THUNK
PUH... ICH WÄRE FROH, MEINE BRÜSTE WÄREN ETWAS GRÖSSER.
ABER WENIGSTENS SIND SIE GRÖSSER ALS RIES BRÜSTE ...
DIESE FORM SOLLTEN SIE HABEN. DAS WÄRE TOLL.

JA, ES SCHEINT, ALS HÄTTEN SIE SIE NUN ENTDECKT.
NEIN, ICH HABE KEINE ANZEICHEN VON IHNEN GESEHEN ...
SIE ERZÄHLTE MIR, DASS ES SO ETWAS WIE EIN INTELLIGENZTEST WAR. ICH BIN MIR SICHER, DASS ES SICH UM EINEN PK-TEST GEHANDELT HAT.
JA, ES SIEHT SO AUS, ALS HÄTTEN SIE WELTWEIT PSYCHOKINETISCHE TESTS DURCHGEFÜHRT.
DADDY..
DU KANNST JETZT INS BAD.
ICH BIN FERTIG
DANKE, MAI.
ICH GEHE SPÄTER REIN.
... WALK LIKE AN EGYPTIAN ...
HMMMM HMMM
SIE SIND IHR AUF DEM NACHHAUSEWEG VON DER SCHULE GEFOLGT... NEIN, DAS IST KEINE EINBILDUNG VON MIR. ICH BIN MIR DA GANZ SICHER!

BIS SPÄTER DANN, DAD!
MACH'S GUT, UND NIMM DICH VOR FREMDEN IN ACHT.
RRRRRRRRR...
..!
RRRRRRR...
VER-DAMMT!
DAS SIND SIE!

JETZT REICHT ES ! WARUM FOLGEN SIE MEINER TOCHTER ?
WER HAT SIE ANGE-HEUERT ?!

WHAA
CHOW!!

DAS IST EINE ALTE TECHNIK, DIE SIE DA ANWENDEN.
WIE HEISST SIE ?
HAIIIIIII-YAAAA!!
WHOOSH
SHAAT

WHHUDD!
海江田情報リサーチ
調査部
小隅 仁
KAIEDA INFORMATIONS-DIENST...

SCREECH!
DAD!
WAS MACHST DU DENN HIER?
WAS IST LOS?
BEEIL DICH
STEIG IN DEN WAGEN
SLAM!
FAHREN SIE LOS!
BRRRROOM!
ICH DENKE, ICH WERDE DEINE SCHULE ANRUFEN MÜSSEN.
DENN WIR WERDEN ZUSAMMEN EINE KLEINE REISE UNTERNEHMEN.
DAD, DAS IST JA TOLL!
JETZT, DA ICH DIE HALBJAHRES-PRÜFUNGEN HINTER MIR HABE, WOLLTE ICH NÄMLICH GERN MIT DIR IRGENDWO HINFAHREN!

25 MINUTEN SPÄTER.

SIR! WIR HABEN EINEN NOTFALL.
EINES UNSERER ACHT-PUNKTE-PK-ZIELE, MAI KUJU, IST UNSERER ÜBERWACHUNG ENTKOMMEN.
WIE KONNTE DAS PASSIEREN? DIE PK-TESTS SOLLTEN GEHEIM BLEIBEN!
NIEMAND DURFTE VON UNSEREN PLÄNEN ERFAHREN
WAS SOLLEN WIR JETZT TUN, SIR?
KEINES DER ANDEREN ZIELE SCHEINT BEMERKT ZU HABEN, DASS WIR ES ÜBERWACHEN.
SIE HABEN 24 STUNDEN, UM MAI KUJU ZU FASSEN!
ENTTÄUSCHEN SIE MICH NICHT.

# ZWEITES KAPITEL

## UNTER DEN KIRSCHBLÜTEN DES FRÜHLINGS

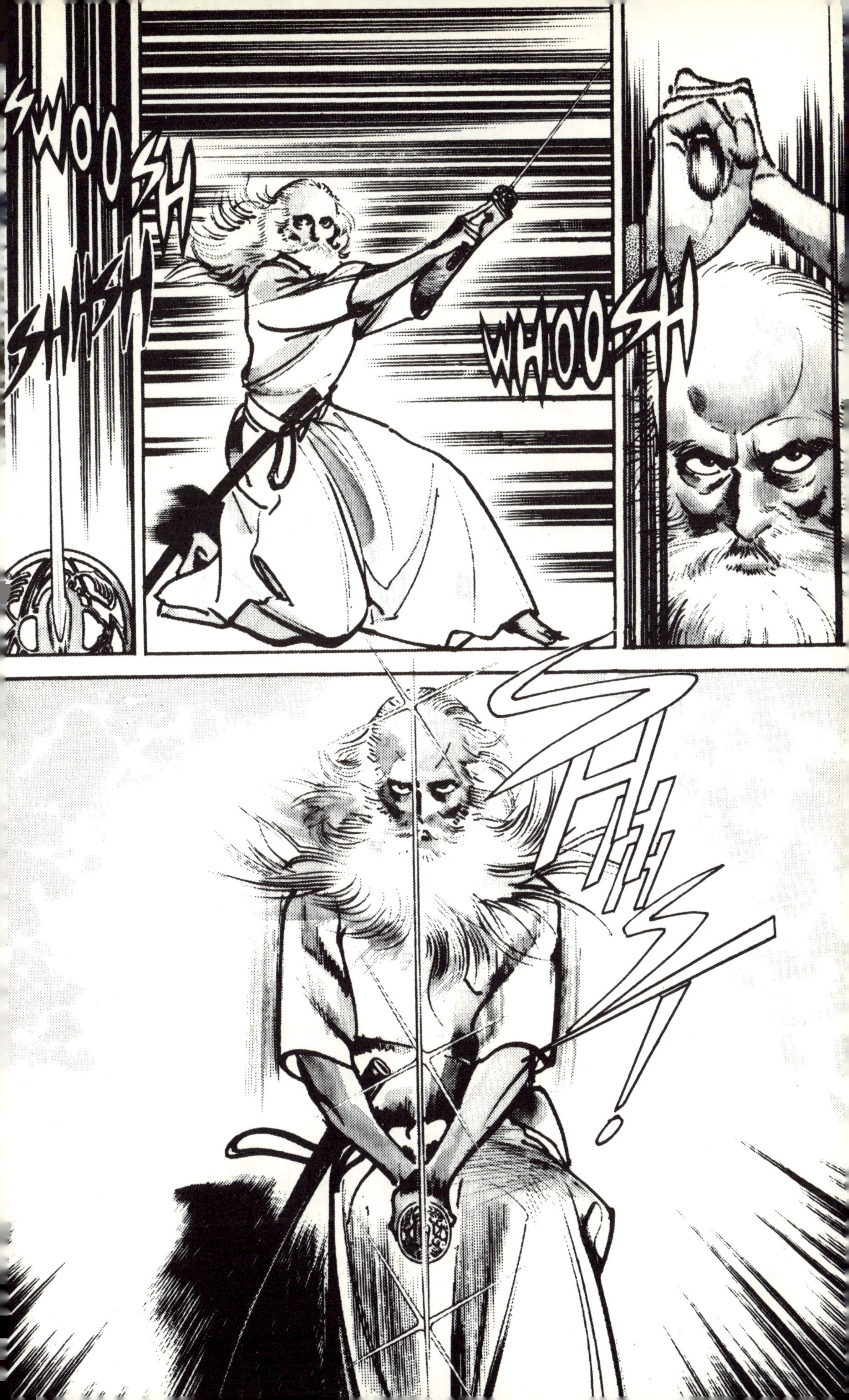
SWOOSH
SHISH
WHOOSH
SHHHS!

WENN ICH RECHT VERSTEHE, IST ES IHNEN BISHER MISSLUNGEN, VATER UND TOCHTER WIEDER AUFZUFINDEN.
IST DAS KORREKT
JA, SIR.
WIR TUN ALLES UNS NUR MÖGLICHE ABER BIS JETZT HABEN WIR SIE NOCH NICHT AUFGESPÜRT.
NUN ...
SSHAA!
SHUT
WENN SIE NUR EINEN DER BEIDEN FINDEN, UNTERNEHMEN SIE NICHTS.
ICH MÖCHTE, DASS SIE DEM FOLGEN, BIS ER SIE ZUM ANDEREN FÜHRT.
SIR, MAN SAGTE MIR, DASS DIE ALLIANZ DER WEISHEIT NUR AN DEM MÄDCHEN INTERESSIERT IST.

WIE HEISST IHR VATER ... ?
ACH JA ... SCHUICHI KUJU.
ICH INTERESSIERE MICH FÜR SEINEN KAMPFSTIL. ES IST VON WICHTIGKEIT, DASS ICH MIT EIGENEN AUGEN SEHE, WIE ER IHN EINSETZT.
WIE SIE WÜNSCHEN, SIR.
ICH WERDE DEN BEFEHL ERTEILEN, DASS ER UNTER KEINEN UMSTÄNDEN GETÖTET WERDEN DARF.
...

TAMEIKE, TOKIO.
DIE ZENTRALE DER MARUBISHI HANDELSGESELLSCHAFT.

KUJU HAT GERADE DIE ZENTRALE DER MARUBISHI HANDELSGESELLSCHAFT BETRETEN. BITTE INFORMIEREN SIE MR. KAIEDA.
JETZT WIRD ES UNS MÖGLICH SEIN, HERAUSZUFINDEN, WO SEINE TOCHTER SICH AUFHÄLT.
ENTWICKLUNG NEUER ENERGIEQUELLEN VIZEPRÄSIDENT
DANKE FÜR DIE HERVORRAGENDE ARBEIT, SCHUICHI. ES MUSS EINE UNVORSTELLBARE ANSTRENGUNG GEWESEN SEIN, DIESE AUFGABE IN SO KURZER ZEIT ZU BEWÄLTIGEN.
JA, TATSÄCHLICH GAB ES MEHR PROBLEME, ALS ICH ERWARTET HATTE, ALS ICH DIESE NEUE FORM DER ATOMKRAFT VORGESTELLT HABE. ABER ICH DENKE, ALLES LÄUFT JETZT BESTENS.

ZWEIFELLOS. ICH HABE BEREITS EIN FAX MIT EINEM ÜBERBLICK AUS NEW YORK ERHALTEN.
HIER IST DER VERTRAGSENTWURF. ICH HOFFE, ER ERHÄLT IHRE ZUSTIMMUN
ABER VERGESSEN SIE NICHT, DIESER DEAL IST TOP SECRET.
DIESER VERTRAG DARF NUR VON JENEN GELESEN WERDEN, DIE IHN AUCH WIRKLICH LESEN MÜSSEN.
SSH-SHACH
ICH WERDE MIR IHREN BERICHT SPÄTER ANHÖREN. WARUM NEHMEN SIE SICH NICHT EIN PAAR TAGE FREI UND RUHEN SICH ETWAS AUS.
UM DIE WAHRHEIT ZU SAGEN, WOLLTE ICH SIE UM ETWAS URLAUB BITTEN. ICH BIN FROH, DASS SIE MIR ZUVOR GEKOMMEN SIND.
SCHÖN, SCHÖN
ICH BIN MIR SICHER, DASS IHRE TOCHTER ... ÄH, MAI, GLÜCKLICH SEIN WIRD, SIE EINIGE ZEIT FÜR SICH ZU HABEN.
...

VOR DEM GEBÄUDE WARTEN EIN PAAR MÄNNER AUF SIE. SIE KÖNNEN IHNEN AUS DEM WEG GEHEN, WENN SIE DEN AUSGANG IN DER TIEFGARAGE BENUTZEN.
WOHER WISSEN SIE VON DEN TYPEN?
HE, UNTERSCHÄTZEN SIE UNS NICHT. ICH GEHÖRE ZUM NACHRICHTENDIENST DER GESELLSCHAFT. WIR NENNEN UNS MCIA.
WIR SIND GERADE DABEI HERAUSZUFINDEN, WER DIE KERLE SIND. WIR WERDEN IHNEN MITTEILEN, WAS WIR ENTDECKT HABEN.
MARUBISHI BUILDING SERVICE, INC.
丸菱ビルサービス(株)

UENO, TOKIO.
紅葉の間
RAUM DER ROTEN BLÄTTER

DADDY IST WIEDER MAL SPÄT DRAN!
ER MEINTE, ER WÜRDE SEINE ANGE-LEGENHEITEN IM BÜRO ERLE-DIGEN, BEVOR WIR ABREISEN!
WO BLEIBT ER NUR?!
MIR IST SO LANGWEILIG!
HE, ICH KÖNNTE JA YUMIKO ANRUFEN UND MAL HÖREN, WAS SIE SO TUT ...

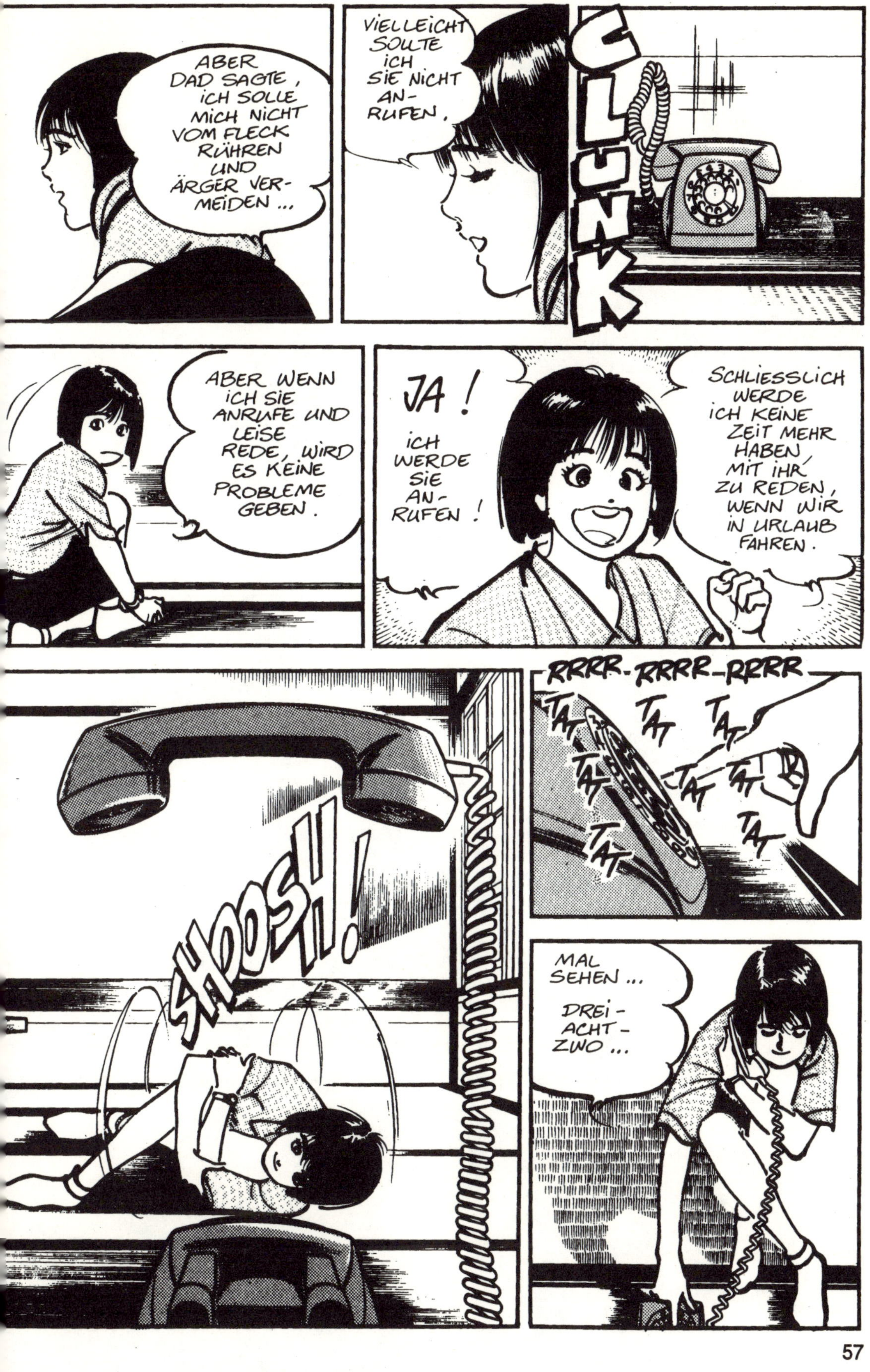
ABER DAD SAGTE, ICH SOLLE MICH NICHT VOM FLECK RÜHREN UND ÄRGER VERMEIDEN ...
VIELLEICHT SOLLTE ICH SIE NICHT ANRUFEN.
CLUNK
ABER WENN ICH SIE ANRUFE UND LEISE REDE, WIRD ES KEINE PROBLEME GEBEN.
JA!
ICH WERDE SIE ANRUFEN!
SCHLIESSLICH WERDE ICH KEINE ZEIT MEHR HABEN, MIT IHR ZU REDEN, WENN WIR IN URLAUB FAHREN.
SHOOSH!
RRRR-RRRR-RRRR
TAT TAT TAT TAT TAT TAT TAT TAT
MAL SEHEN ...
DREI-ACHT-ZWO ...

MAI ! WO STECKST DU DENN ?!
ICH HAB DICH NICHT MEHR GESPROCHEN, SEIT DIESE IRRE TYPEN UNS GESTERN VON DER SCHULE AUS GEFOLGT SIND.
電話工事中
REPARATUR DEFEKTER TELEFONLEITUNGEN.
UND NICHT NUR DAS. ICH HABE GEHÖRT, DASS DEIN VATER IN DER SCHULE ANGERUFEN HAT UND IHNEN MITTEILTE, DASS DU NICHT MEHR KOMMEN WÜRDEST.
WIR SIND ECHT AUSGEFLIPPT !

JA, BEIDE KERLE WAREN HINTER MIR HER.
KAUM ZU GLAUBEN, WAS ?!
ABER ES IST NICHTS PASSIERT.
ICH BIN IHNEN ENTWISCHT.

WO ? OH... ES IST WIRKLICH SCHÖN HIER. NEIN, NICHT BEI MIR ZUHAUSE.
ICH GEBE DIR EINEN TIP... ICH KANN JEDE MENGE KIRSCHBLÜTEN VON HIER AUS SEHEN.

OH, KOMM SCHON! WO IST ES? TU NICHT SO GEHEIMNISVOLL!
ES GIBT MILLIONEN VON ORTE, WO MAN KIRSCHBLÜTEN SEHEN KANN. WIR HABEN SCHLIESSLICH FRÜHLING!
OKAY... ICH KANN EINE STEINMAUER SEHEN. UND DARÜBER SEHE ICH EINEN TEIL EINER ROTEN TÜR EINES SCHREINS.
HIERHER KOMMT MAN, UM GLÜCK FÜR DIE NÄCHSTEN PRÜFUNGEN ZU ERBITTEN. HAST DU'S KAPIERT?!
JETZT ABER SCHLUSS MIT DEN HINWEISEN. WAS GLAUBST DU, WO ICH MICH AUFHALTE?
HIER IST EIN ANRUF FÜR SIE, SIR.
WEGEN DEM MÄDCHEN. SIE TEILEN UNS MIT, DASS SIE ERFOLG HATTEN. SIE HABEN SIE GEFUNDEN.
AUSGEZEICHNET

ICH BIN ES. AHHH ... SIE HÄLT SICH IM YUSHIMA SHRINE DISTRICT AUF? DER LIEGT IN UENO.
... JA, ICH VERSTEHE. EIN GUTER ORT, UM SICH ZU VERSTECKEN.
ES WÄRE FÜR SIE ÄUSSERST PASSEND GEWESEN, ÜBER DEN UENO BAHNHOF IN DEN NORDEN ZU FLÜCHTEN!
SEIEN SIE VORSICHTIG, SCHUICHI.
DA SIND SIE! WIE, ZUM TEUFEL, HABEN SIE UNS ENTDECKT?!

DAD ! DIESES MAL BIST DU ABER WIRKLICH SPÄT DRAN !
LASS UNS ESSEN ! ICH BIN SCHON AM VERHUNGERN !
WIR KÖNNEN SPÄTER ESSEN ! WIR MÜSSEN AUF DER STELLE VON HIER WEG !
DAD ! DAS KANNST DU MIR NICHT ANTUN !

KOMM, LASS UNS GEHEN !
DU KANNST IM ZUG ZU ABEND ESSEN .
AHHH...
HALT DICH AN MIR FEST , MAI .
DAD, WARUM MÜSSEN WIR UNS SO AUS DEM STAUB MACHEN ... DU HAST DOCH GENÜGEND GELD ZURÜCKGELASSEN ?
DAS WERDE ICH DIR SPÄTER ERZÄHLEN .
ABER JETZT HABEN WIR KEINE ZEIT ZU VERLIEREN

VER-
DAMMT !
SIE SIND
ÜBERALL !
UENO PARK.

MAI, ICH MÖCHTE, DASS DU SO SCHNELL WIE DU KANNST ZUM BAHNHOF RENNST.
ICH WERDE DIESE KERLE AUFHALTEN.
NEIN, DAD!
ICH WILL BEI DIR BLEIBEN!
DU TUST, WAS ICH DIR SAGE!
ICH WERDE HIER VIELLEICHT ETWAS ZEIT BRAUCHEN, ABER WIR WER-DEN UNS GANZ BESTIMMT DORT TREFFEN.

WHACK!
KRUNCH!
LAUF, MAI! LAUF!
WHUD!
WHHACK!
Wheelies

UN-GLAUBLICH.
SIE HABEN DIE TECHNIK DER TOGAKUSHI SCHULE BENUTZT --
DIE "DRACHEN-WELLE".
DIESE TECHNIK WAR IM SECHZEHNTEN JAHRHUNDERT WEIT VERBREITET, ABER SIE VERSCHWAND VOR ÜBER DREI-HUNDERT JAHREN.
WER SIND SIE?
WO KOMMEN SIE HER?
AH, ICH VER-STEHE.
KEINE DISKUSSIO-NEN, WIE?
NUN DENN...

NEIN !
AUF-
HÖREN
BITTE !
SHHHHAAAAT

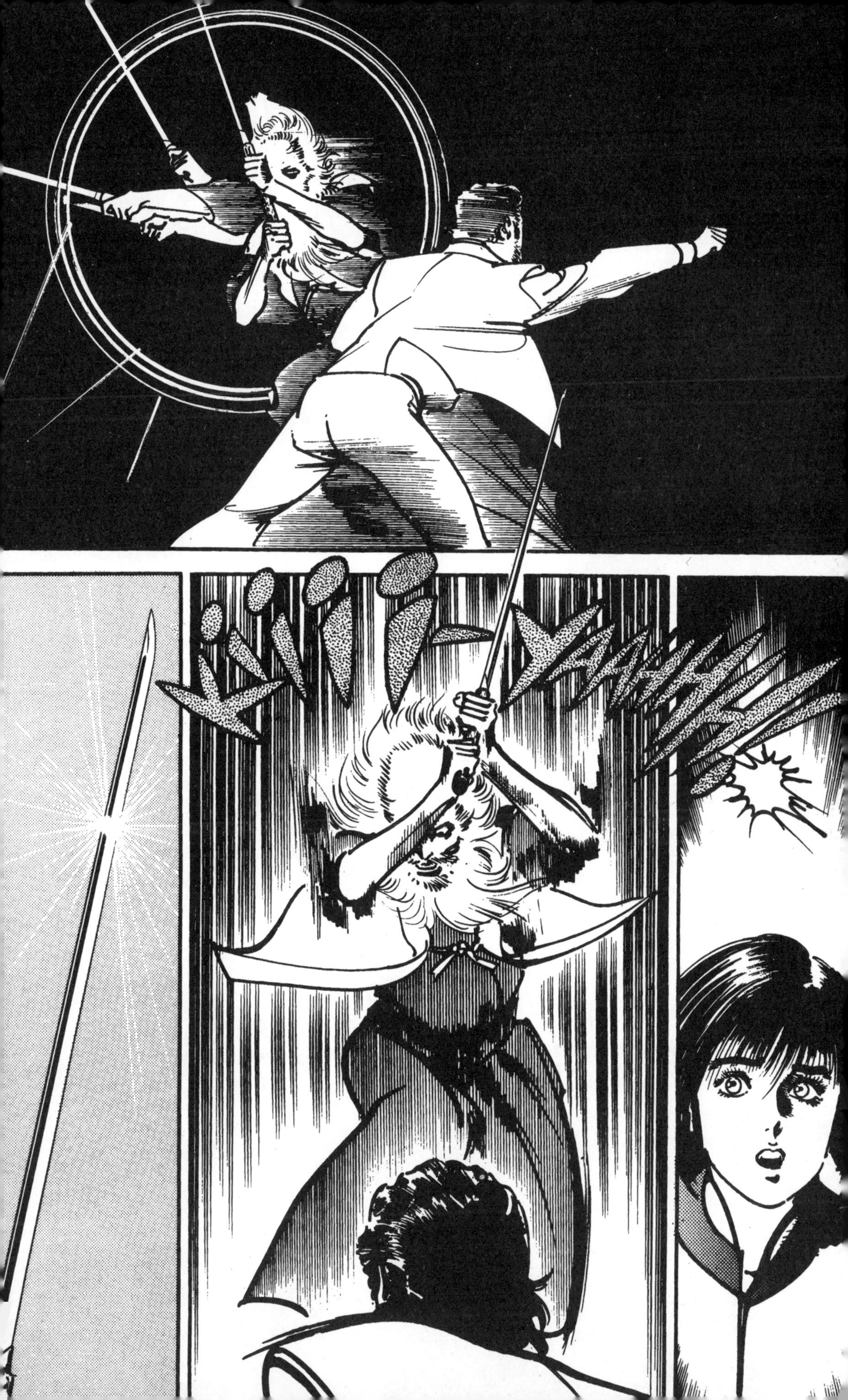

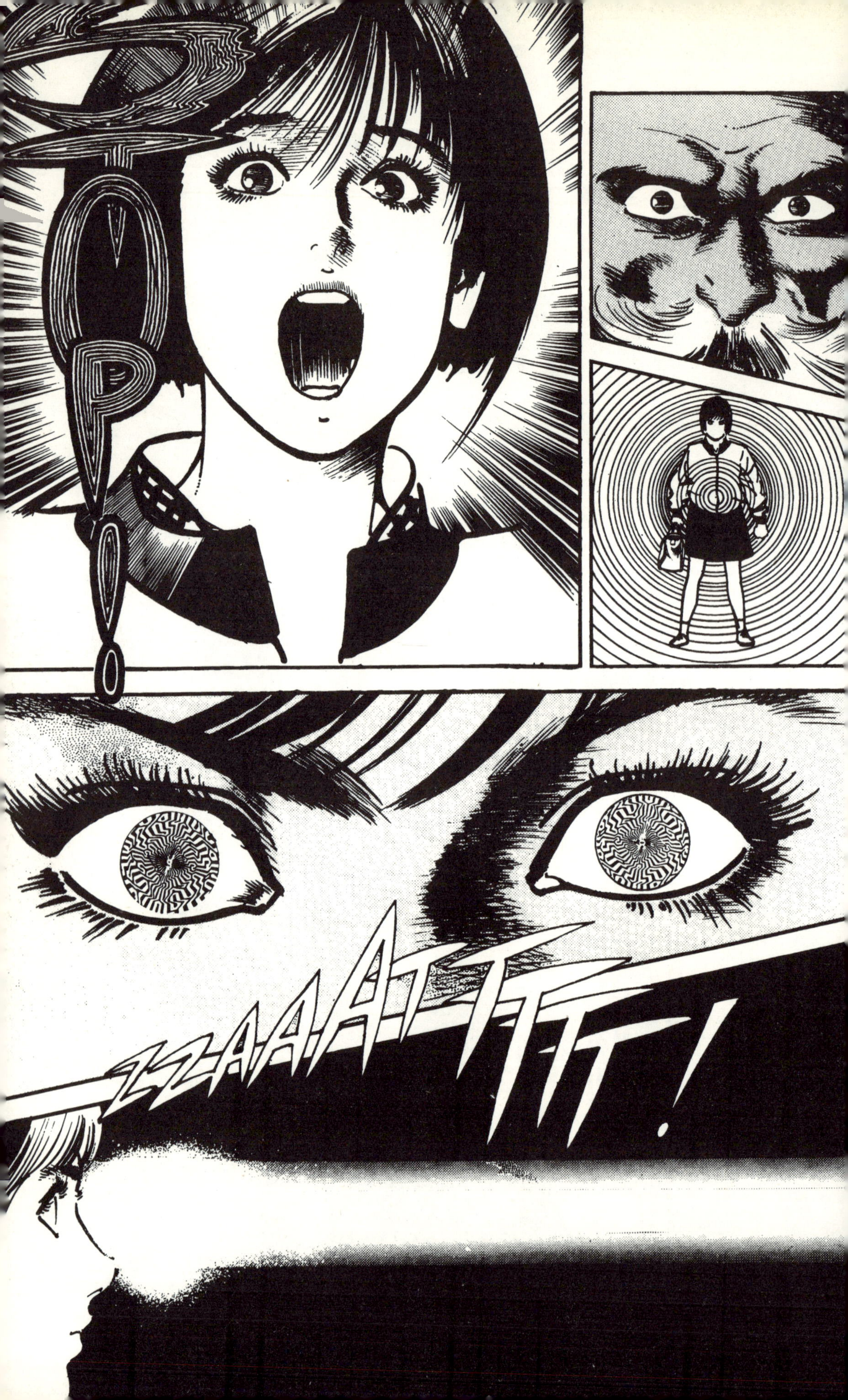
ZZAAAATTTTT!

RRRRONG

SHAAA!
KA-WHUM!

DIESES... MÄDCHEN... IST EINE MISS-GEBURT!
...

CAT

# DRITTES KAPITEL

## TOGAKUSHI – DAS HEILIGE LAND

RRRRAAAAAAAAAAAAAAA
TATAN
TATAN
TATAN
TATAN

DAD, WER WAREN DIESE MÄNNER ?
WARUM HABEN SIE UNS ANGE-GRIFFEN ?
...
HATTEN SIE ES AUF MICH AB-GESEHEN ?
REDE DOCH MIT MIR, DADDY.
DEINE KRÄFTE WERDEN DIR KEIN GLÜCK-LICHES LEBEN BESCHEREN, MAI.
ICH FÜHLE DOCH, DASS ES WEGEN MIR WAR.
ABER SAG MIR, WENN ES NICHT STIMMT.
... KRÄFTE ?!
MEINE KRÄFTE ?
ICH HABE DIR IMMER UND IMMER WIEDER GESAGT, DEINE KRÄFTE NICHT ZU BENUTZEN.
ICH DACHTE, DU HÄTTEST ES AUFGEGE-BEN.
ABER, DAD...
ICH HAB NIEMALS EINE GROSSE SACHE DA-RAUS GE-MACHT!

DAS STIMMT. FÜR DICH IST DAS ALLES NUR EINE NEBENSÄCHLICHKEIT. EIN SPIEL, UM DIE LANGEWEILE ZU VERTREIBEN.
...
UND ICH NEHME AN, DU SIEHST ES NUR AUF DIESE WEISE.
ABER LIEBLING, DAS, WAS DU TUST, IST UNGLAUBLICH - GANZ EGAL - WIE EINFACH ES SCHEINT.
ABER ... ABER ...
IST SCHON GUT, DARLING ...
ES IST NICHT DEIN FEHLER.

UHHNNN
...
SIR, DER DOKTOR MEINTE, DASS SIE IM BETT BLEIBEN SOLLTEN.
ES SIND BEREITS ZWEI STUNDEN VERGANGEN, SEIT WIR SIE VERLOREN HABEN.
WEGEN EINER SOLCH GERINGFÜGIGEN VERLETZUNG BLEIBE ICH NICHT IM BETT. WIR HABEN ARBEIT ZU ERLEDIGEN.

SEHR WOHL, SIR. WIR HABEN JEDEN NUR MÖGLICHEN ZIPFEL AN HINWEISEN ZUSAMMENGETRAGEN, SEIT SIE UNS IM PARK ENTKOMMEN SIND. LEIDER HABEN WIR BISHER KEINE SPUR GEFUNDEN.
WIR HABEN NICHT NUR DEN UENO BAHNHOF ÜBERWACHT, SONDERN ALLE BAHNHÖFE, VON DENEN SIE MÖGLICHERWEISE VERSUCHEN KÖNNTEN ZU FLIEHEN.
WAS SOLL ICH DER ALLIANZ DER WEISHEIT ALS BERICHT SCHICKEN, SIR?
WIR HABEN SIE NICHT NUR EINMAL, SONDERN SCHON ZUM ZWEITEN MAL VERLOREN.
DAS IST ZU BLAMABEL, UM DARÜBER ZU BERICHTEN.
VERSUCHEN SIE MIT DEM COMPUTER ALLE MÖGLICHEN ZIELE AUFZUSPÜREN.
DANN SUCHEN SIE NACH QUERVERWEISEN MIT DEN INFORMATIONEN, DIE IHNEN ÜBER FREUNDE, VERWANDTE UND SO WEITER VORLIEGEN.
JA, SIR! ICH WERDE SOFORT DAMIT BEGINNEN.

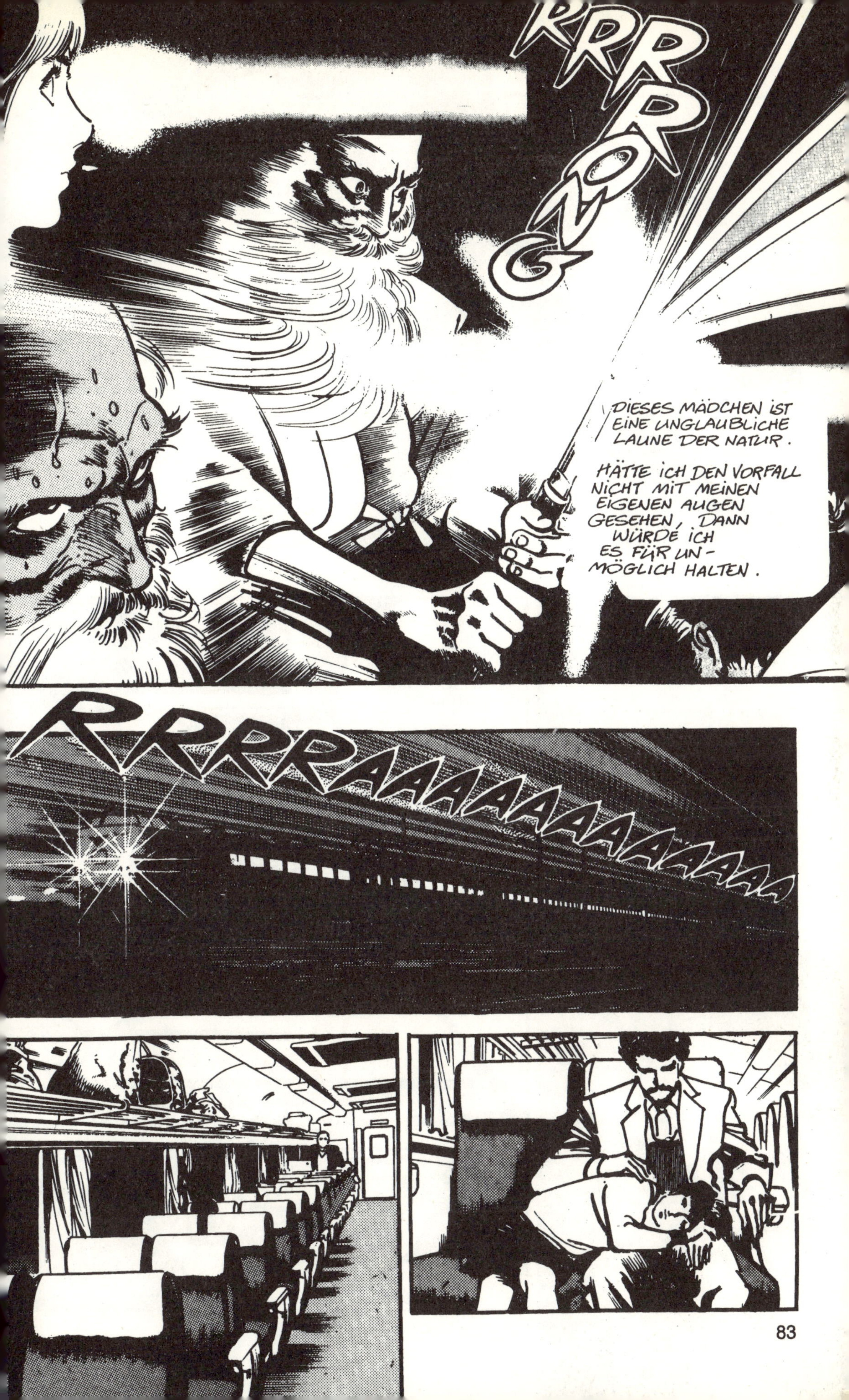
RRRRONG
DIESES MÄDCHEN IST EINE UNGLAUBLICHE LAUNE DER NATUR.
HÄTTE ICH DEN VORFALL NICHT MIT MEINEN EIGENEN AUGEN GESEHEN, DANN WÜRDE ICH ES FÜR UNMÖGLICH HALTEN.
RRRRAAAAAAAAAAAAAA

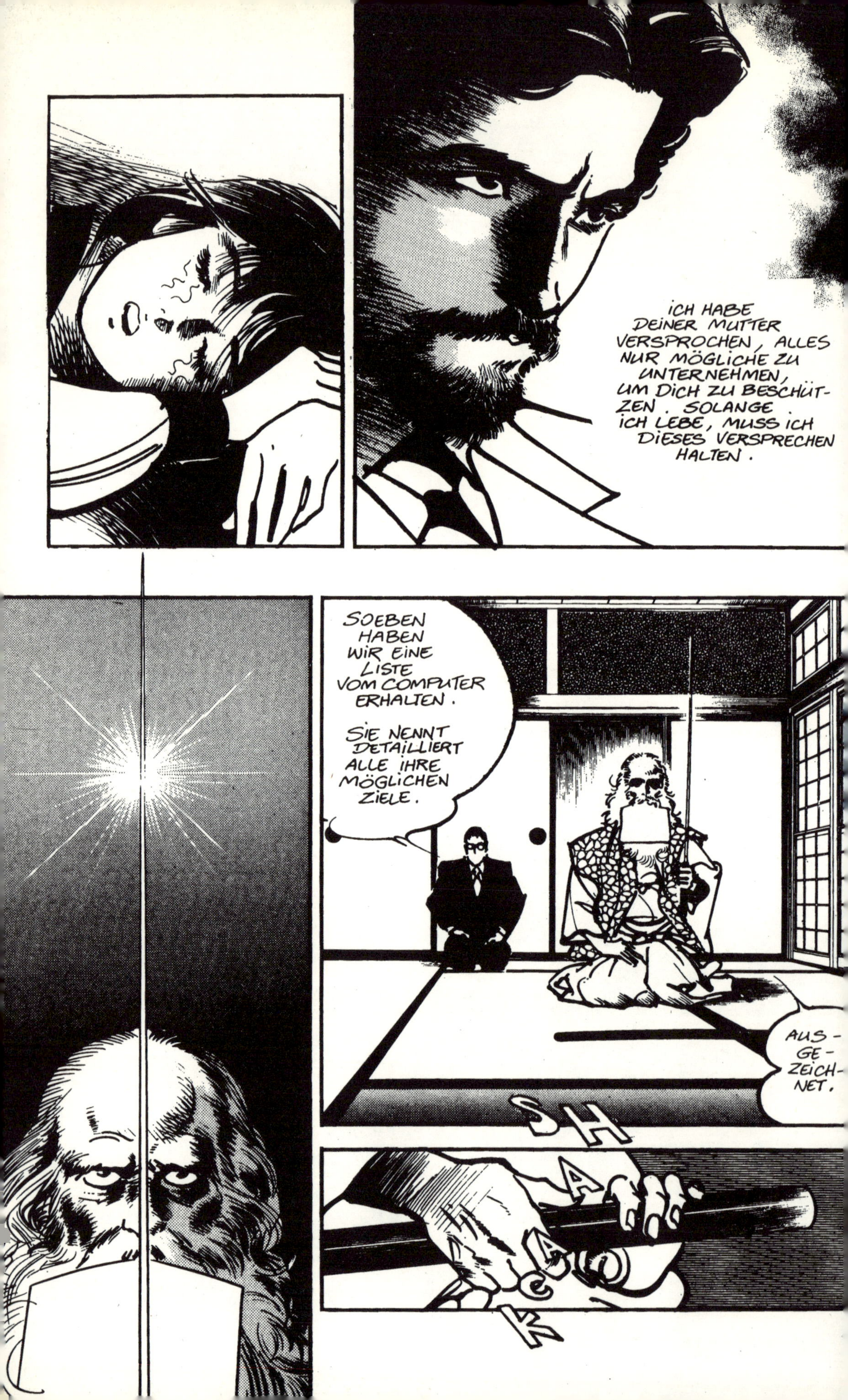
ICH HABE DEINER MUTTER VERSPROCHEN, ALLES NUR MÖGLICHE ZU UNTERNEHMEN, UM DICH ZU BESCHÜTZEN. SOLANGE ICH LEBE, MUSS ICH DIESES VERSPRECHEN HALTEN.
SOEBEN HABEN WIR EINE LISTE VOM COMPUTER ERHALTEN.
SIE NENNT DETAILLIERT ALLE IHRE MÖGLICHEN ZIELE.
AUSGEZEICHNET.
SHAAACK

HMMMMMMM. TAISHIN, SHIRAKAWA. YASO, AIZU. RYOSEN, SOMA. GOSHIKI, SHIRAKAWA. TOGAKUSHI, NAGANO...!
TOGA-KUSHI!
DER VATER DES MÄDCHENS BENUTZTE EINEN ALTEN KAMPFSTIL... DIE TOGA-KUSHI TECHNIK.
DAS MUSS ES SEIN!
SCHICKEN SIE UNSERE MÄNNER AUF DER STELLE NACH TOGAKU-SHI!
SPÄTER WERDE ICH DORT DAZU-STOSSEN. ÜBER-ZEUGEN SIE SICH, DASS SIE AUFGE-SPÜRT WUR-DEN, BEVOR ICH DORT ANKOMME.
ICH WERDE DEN VATER MIT MEINEN EIGENEN HÄNDEN BE-SIEGEN.
ABER DAS MÄDCHEN... WIE KANN ICH EIN WESEN WIE SIE BEZWINGEN? SIE STEHT JENSEITS DES HERKÖMMLICHEN WISSENS.

...
...
WIR SIND DA!
ENDLICH ZUHAUSE!

DER TOGAKUSHI SCHREIN - EINGANG ZUM HEILIGEN GEBIET.
戸隠神社奥社入口
SCREECH!
!!
WAS IST LOS, MAI ?!
KOMM.

OH !
CHACK

BEEIL DICH, MAI ! ICH WILL UNTERWEGS KEINE ZEIT VERLIEREN.
NEIN !
JETZT KOMM SCHON, MAI !
ICH WERDE KEINEN SCHRITT MEHR WEITER GEHEN, DAD !
NEIN, ICH WILL NICHT !!
SEI DOCH NICHT SO EIN KIND !

EEEOOOOOHHHHHH
NEIIIIIN!

SHHHRRREEEERRAAAAA

!!
SHHHREEEE
WHUMP
UHNNN!

ENDE DES ERSTEN TEILS

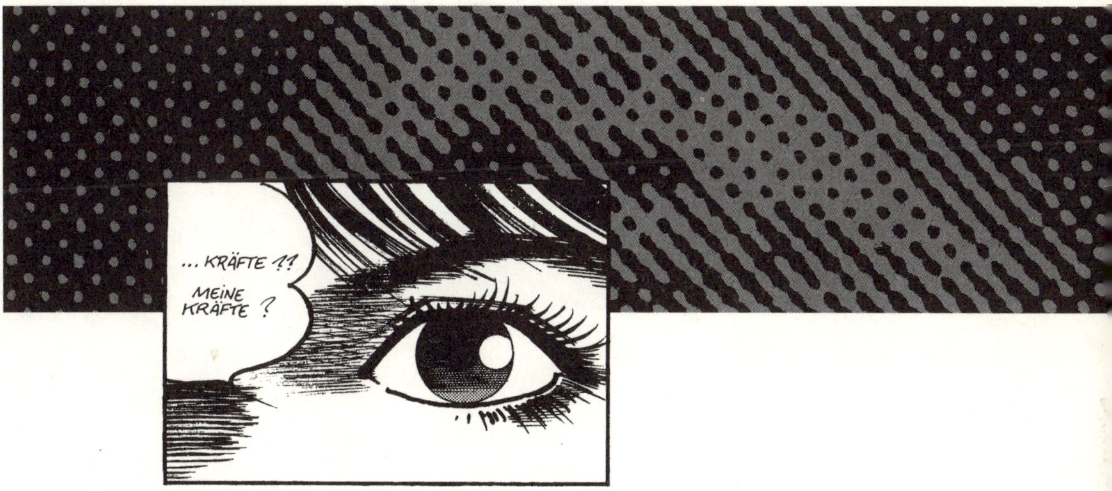
... KRÄFTE ?!
MEINE KRÄFTE ?

地水火風空